Annette Wibowo

„Der Budda-Baum"

Das Buch:
Zwei Jahre Pandemie hinterlassen Spuren in unseren Leben. Dieses Buch soll Mut machen für eine angstfreie Zukunft und die Menschenseele motivieren, auf ihr Herz und ihr Gefühl zu hören. Lassen sie ihr Sein und Bewusstsein nicht von Angst und Verzweiflung leiten. Atmen Sie ein und atmen Sie aus.

Bleiben Sie frei.

Die Autorin:
Annette Wibowo wurde 1966 in Darmstadt geboren. Als Kind war sie eine begeisterte Märchenleserin. Lange Zeit arbeitete sie als Texterin und freie Redakteurin. Durch ihre Tochter Asmara beschloss Annette Wibowo nicht mehr für die Werbung zu schreiben, sondern für sich selbst, ihre Familie und viele Kinder, die Spaß und Freude an ihren Geschichten haben. Ihre Geschichten zeigen ihre persönliche Verbundenheit mit der Natur und sind oft ein Aufruf für mehr Menschlichkeit und Liebe im gemeinsamen Miteinander. Die Autorin lebt in Bad Vilbel. Von ihr sind bereits fünf Kinderbücher erschienen: „Pupa-der Perlmutter", „Sternenblumen", „Asmara auf dem Planeten Makanamu", „Zauber im Müllsee" und „Das Zwergenvolk von Lalé", „Nelly, die Regenbogen-Libelle aus dem Lichtland!", ein Märchen über das „Loslassen im Sterben", sowie „Seelenherz", ihr erster von Herzen erstellter Gedichte und Kurzgeschichtenband für Erwachsene.

*Bibliografische Information der Deutschen Nationalbibliothek:
Die Deutsche Nationalbibliothek verzeichnet diese Publikation
in der Deutschen Nationalbibliografie; detaillierte
bibliografische Daten sind im Internet über http://dnb.dnb.de
abrufbar.*

*Titelbild : Tibetischer Knoten
Text: Annette Wibowo*

Harapan Kinderbuch

*Herstellung und Verlag: BoD – Books on Demand,
Norderstedt*

ISBN: 9783756256013

„Der Budda-Baum"

„Respektiere dich selbst, respektiere alle
anderen und übernimm die Verantwortung für
all deine Taten."

(tibetische Weisheit)

Für meine Tochter und alle fühlenden Wesen.

Harapan Kinderbuch

„Der Budda-Baum"

Welchen Tag haben wir denn?
Es ist heute!
Das ist mein Lieblingstag!

(Winnie Puh)

„Heute", befinden wir uns im Jahr 2022 und die ganze
Erde ist von einer Pandemie geschüttelt. Die
Menschenfamilie befindet sich in einer Angstblase vor
einem Virus, das die Lunge befällt und uns im
schlimmsten Fall innerlich ertrinken lässt. Zumindest
lässt uns die diesem Virus zugeordnete Erkrankung
schwer atmen und das auf vielen Ebenen.

Sind wir erkrankt, bekommen wir keine Luft mehr, jeder
Atemzug wird zu einem Kampf. Jedoch auch wenn wir
gesund sind, nimmt uns die Angst vor dieser Erkrankung
die Luft zum Atmen. Dabei ist Atem „Leben", Atem ist
„Freiheit", Atem ist das „Sein im hier und jetzt".

Doch wie kommen wir wieder zu unserem Atem,
unserem Sein im Hier und Jetzt? Ich bin durch einen
Traum dort angekommen.

Wundervoll! Seit Jahren planen und träumen meine
Tochter und ich davon, nach Abschluss Ihrer Prüfungen
einen Mama-Tochter-Wohlfühl-Urlaub zu machen. Und
endlich, nach all dem Sehnen, den Hausarbeiten meines

Kindes, den Prüfungen, meinem beruflichen Stress etc. ist es soweit.

Wir sitzen in einer Flugmaschine nach Spanien. Wir werden in einer kleinen katalanischen Stadt am Meer die Seele baumeln lassen. Einatmen und ausatmen und einfach die gemeinsame Zeit und Nähe genießen. Ich habe eine wunderschöne Wohnung direkt an der Strandpromenade gemietet, so dass wir unsere so lieb gewonnenen Konsumgewohnheiten pflegen können. Im warmen Sand den Körper wärmen, auf die endlose Weite des Meeres schauen und wenn uns dies wohlig erschöpft hat, können wir in einem der Restaurants geschmackvolles Essen genießen und unsere Gaumen mit gekühlten Getränken verwöhnen.

Wir waren schon drei Tage dort, als sich bei mir im Inneren ein klitze kleines Gefühl des Unwohlseins ausbreitete. Es fühlte sich an, wie das Tropfen eines Wasserhahnes, der durch den Anschluss an einen Boiler immer wieder den Druck durch Tropfen abbauen musste.
Ich ignorierte dieses Gefühl und führte es auf den allzu guten Lebenswandel, den wir hier in Spanien lebten, zurück.

Im Laufe der nächsten beiden Tage wurde dieses Unwohlsein meinerseits immer stärker und sammelte sich innerlich zu einem kleinen Rinnsal der Angst, für die es keinerlei objektive Erklärung gab. Ich erzählte Malina von meinem Empfinden und sie meinte liebevoll: „Ach Mama, du bist immer so angespannt, genieße doch einfach unseren Urlaub."

Und so wollte ich anfangen, mich an ihren guten Ratschlag zu halten und unseren Urlaub und Ihre Nähe in meinem Leben zu genießen. Viel zu oft hatten wir in der Hektik des Alltages vergessen, dass wir hier auf dieser wunderschönen Erde sind, um uns zu erfreuen, um zu lernen und den Menschenkindern in unserer Nähe etwas Gutes zu tun.

Am Vormittag flanierte mein Kind an der Uferpromenade und ich lag am Strand und genoss die Weite des Meeres. Das Meer ist wie ein Lebewesen. Das Kommen und Gehen der Wellen gleicht unseren Atemzügen und die Regelhaftigkeit der Wellen wirkt beruhigend, wenn der Blick gleichzeitig in größter Freiheit in der Unendlichkeit des Horizontes ruht und sich in Freiheit an nichts festhalten will.

Eine innere Unruhe ergriff mich plötzlich und ich beschloss kurz in unserer Ferienwohnung etwas nachzuschauen. Meine Utensilien ließ ich am Strand liegen. Ich wäre gleich wieder zurück. Ich weiß, lieber Leser, Sie denken über diese Sorg- und Nachlässigkeit nach. Ich habe auch oft darüber nachgedacht, jedoch habe ich nie auch nur einmal eine schlechte Erfahrung gemacht. Erfahrungen prägen unser Handeln und unseren Erlebnishorizont und ich gehörte nun einmal eindeutig zu den Personen, die sie als naiv bezeichnen können. Das dürfen sie sehr gerne tun, es wird jedoch den Verlauf der Geschichte nicht ändern können.

Auf dem Weg zu unserem stilvoll eingerichteten Zimmer bemerkte ich, dass die Zu- und Abflüsse des Meeres und der Zivilisation sich verfärbten. Ein drohendes Dunkel schien unter dem Blau zu kriechen und sich zu

drängen und zu drücken. Ich schüttelte den Kopf über meine Wahrnehmung und erzog mich dazu, diese negativen Gedanken wieder dorthin zu schicken, wo sie herkamen, aus den biochemischen Prozessen meines Gehirns.

Als ich mich im Bad unseres kleinen gemütlichen Zimmers etwas frisch gemacht hatte, ging ich wieder in Richtung Strand und plötzlich...unverhofft... völlig überraschend, schlug mit einer gewaltigen Wucht die Erinnerung zu. Ich hatte diese Situation geträumt. Ja vor vielen Jahren, hatte ich genau diese Situation geträumt.

Ich war mit meiner Tochter im Urlaub und es kam ein völlig überraschender, sich nicht ankündigender Tsunami auf uns zu. Wir mussten auf einen Berg flüchten, um zu überleben.
Jetzt ergriff mich die vollkommene Panik und ich rannte die kleinen Gässchen Richtung Strand. Am Strand angekommen ergab sich ein unwirkliches Szenario. Eine riesige Welle hatte alle Gäste des Strandabschnittes vertrieben und mit dem Ausholen einer großen Wasserhand, alles was am Stand Heimat gefunden hatte weggespült. Meine Sachen waren nirgendwo zu finden und mich ergriff die blanke Panik.

Es war soweit. Jede Faser in mir fühlte es, jetzt begann es! Sie fragen sich was begann? Der Kampf den wir Menschen tagein und tagaus kämpfen. Das ziehen der Kräfte zwischen Intuition und Realität. Das Ungleichgewicht zwischen Fühlen und Wissen, die Wippe des Bewusstseins. Ich gebe Ihnen ein Beispiel für dieses hin und her unserer Gedankenwelt. Wir lernen in der Schule, dass der Mond ein kreisförmiger Planet ist.

Bei Vollmond würden wir dem auch zustimmen. Schwierig wird das ganz bei ab- oder zunehmendem Mond. Wir sehen nur einen Teil des Mondes und könnten unschwer behaupten, dass derjenige der behauptet der Mond sein ein geschlossener Kreis, der Lüge bezichtigt werden kann.

Ich mache es noch etwas leichter, unsere Intuition weiß, dass wir gesund essen sollten, dass wir uns mehr bewegen sollten und dass wir krank werden, wenn wir unser in einen Körper gefasstes Bewusstsein schlecht behandeln. Doch unser Alltag macht mit uns oft genau das Gegenteil.

Lassen sie mich das Abschweifen beenden und zum Strand zurückkehren. Völlig aufgeregt traf ich meine Tochter Malina an der Strandpromenade, die von diesem Zwischenspiel des Meeres nichts miterlebt hatte. Ich schilderte ihr aufgelöst, dass meine Sachen weggeschwemmt waren und fing an zu weinen. Malina beruhigte mich und nahm mich in den Arm. „Ach Mama, das sind doch nur Dinge. Natürlich ist es ärgerlich, dass sie weg sind, aber du kannst sie alle wieder besorgen." Ich ließ mich nicht beruhigen. Nicht wegen der verlorenen Geldbörse oder wegen eines schönen Buches, dass ich gerade gelesen hatte. Meine Intuition nahm mein ganzes Bewusstsein in Beschlag und ich sagte meinem Kind, dass es mir jetzt absolut vertrauen muss, auch wenn sich alles was ich jetzt sagte, anhörte, als hätte ich einen kompletten Verlust meines Denkorganes. Ich erklärte ihr, dass es einen fürchterlichen Tsunami geben wird. Alle werden sterben und wir müssten sofort, und zwar sofort in höhere Gebiete gehen.

Meine Tochter starrte mich mit offenen Augen an und einer Verzweiflung, die erklärte, dass sie ihre Mama diesmal nicht wird umstimmen können. Ich packte sie am Arm und zog sie hinter mir her. Unwillentlich ließ sie sich die Straße entlangziehen. Passanten schauten uns verwirrt an, ich schrie laut, dass sie zu einem Berg laufen sollten, dass sie unbedingt in höheres Terrain müssen, da ein Tsunami kommt und meine Tochter begegnete den verwirrten Blicken der Passanten mit einem Lächeln, dass Verzweiflung und Hilflosigkeit ausdrückte, lies sich aber von mir weiterziehen. „Mama, du bildest dir das alles nur ein. Jetzt bleib doch mal stehen." Nein, ich bildete mir das nicht mehr ein. Ich wusste genau, dass es passiert. Ich hatte das exakt geträumt. Ich hatte im Lauf meines Lebens gelernt, dass es sinnvoll ist auf seine Gefühle und seine Intuition zu horchen und dieses Mal würde ich mir keinen Fehler erlauben, in dem ich nicht auf mich und meinen Traum hören würde.

Wir liefen die Anhöhe des Städtchens hoch und mein Auge suchte verzweifelt immer höhere Ankerpunkte. Wie hoch ging es hier, wie hoch könnten wir gehen, wie hoch würde die Welle werden. An welchem Punkt können wir überleben. Während ich schweißüberströmt und hektisch immer weiter bergan lief, blieb meine Tochter plötzlich abrupt stehen und starrte auf das Meer und die unter ihr liegende Stadt. Eine schwarze Wasserwand baute sich auf. Langsam und grausam bewegte sie sich auf das im Sonnenlicht glitzernde Städtchen zu.
Panik und fragende Unwissenheit legte sich auf ihr Gesicht und ich antwortete: „Ich weiß es auch nicht warum, ich habe es geträumt. Und zwar genau so."

Unser Gehen wurde zu einem hektischen Rennen und mittlerweile forderten wir bei uns entgegenkommende Menschen dazu auf, nicht nach unten Richtung Uferpromenade zu gehen, sondern Richtung Berz zu gehen. Niemand wollte uns hören. Es tut weh, wenn niemand hören mag. Wir Menschen haben das Hören verlernt. Wir sind so sehr mit unseren Aufgaben und Pflichten beschäftigt, dass sich das Hören der Seelen im Rauschen des Alltages verliert.

Wir waren ein gutes Stück vorangekommen und Malina meinte: „Das es doch jetzt reiche und wir hoch genug seien. Sie könne nicht mehr weiterlaufen und es würde schon nicht so schlimm kommen."

Ich trieb sie an, ich flehte sie an weiterzugehen. Missmutig ging sie an meiner Seite, einfach nur noch vertrauend auf das Band, das ihre Geburt zwischen uns geschlossen hat. Auch ich kam an meine Grenzen, Muskelschmerzen und Erschöpfung wollten mich zu einer Pause anhalten. Ich schaute mich um und sah die ersten Wellen einbrechen. Eine schwarze Masse aus Teerwasser begrub alle Farben und Formen unter sich und völlig aufgewühlt sah ich, dass das nicht das Ende der schlechten Ereignisse war. Eine weitere Wellenwand tauchte aus dem Nichts des Horizontes auf. Diese und das war von hier oben gut zu sehen, würde auch uns nicht verschonen. Sie würde über uns hereinbrechen und wir würden ihr erliegen.

Was in Gedanken so leicht aussieht, ist im Hier und Jetzt eine riesige Aufgabe. Es ist gar nicht so leicht, immer höher aufzusteigen. Mensch verliert mit dem Sehen durch seine Augen den Überblick, wo es nach oben

geht. Wir durchquerten unzählige Straße und rannten durch aufsteigende Gässchen nur um nicht wesentlich weiter gekommen zu sein.

Die Wasserwand war mittlerweile eingeschlagen, die Teermasse quälte sich schwarz unter einer Brücke hindurch, die wir überquerten, als meine Tochter abrupt stoppte. Am Brückengeländer hingen kleine Briefchen. Ein alter spanischer Brauch, bei dem Kinder ihre Wünsche auf ein kleines Briefchen schreiben und diese an das Geländer hängen. Ich schrie Asmara an, dass wir weitermüssten, und sie schaute mir in die Augen und sagte: Mama, wir schaffen das nicht. Ist es nicht besser, einen Brief abzunehmen und einem Kind einen Wunsch zu erfüllen. Mit dem Abnehmen des Briefes haben wir unseren Geist schon auf das Schenken eingestellt und ich glaube das ist jetzt das Beste, was wir tun können.

Verzweifelt und Stolz machte sich eine innere Ruhe in mir breit. Wolkig und bauschig legte sich das Gefühl der Liebe in diese aberwitzige Situation und ich war einfach nur glücklich.
Liebe Leser, sie wollen wissen, wie man in dieser Situation glücklich sein kann? Es ist einfach, meine Tochter hatte mir in diesem Moment der völligen Auflösung gezeigt, dass die Werte Liebe und Achtung für das Leben, uns als Menschen ausmachen. Etwas das in unseren schwärzesten Augenblicken zählen sollte. Ich blieb stehen und gemeinsam lasen wir den Wunsch der kleinen Sabrina, die sich ein Kinderbuch wünschte.
Malina sagte, Mama, wenn wir das hier doch überleben, dann kaufe ich Sabrina das Buch.

Dieser Augenblick der Liebe und Nähe wurde jäh unterbrochen durch ein Grollen und Toben. Verschreckt sahen wir beide in Richtung Meer, wissend, dass es noch schlimmer werden würde. Das was jetzt zu sehen war konnten wir nicht mehr überleben. Es war schlicht und ergreifend physikalisch unmöglich durch die nun anrollenden Wassermassen zu kommen, ohne, dass dieser gebrechliche Körper an Gegenständen, die ihn bei seinem Trudeln berühren, zerbrechen würde.

Plötzlich sah ich einen alten Mann, der aufgeregt mit seinem Arm in eine Richtung winkte und schrie: „Gehen Sie auf den Buddha-Baum, der Buddha-Baum dort wird Ihnen helfen!"
Ich blickte zur Seite und sah einen riesigen Baum so groß und so hoch, dass wir dort auf alle Fälle gerettet wären. Der Baum glitzerte bemoost und seine Äste böten Halt. Ungläubigkeit machte sich in meinem Geist fest. Es konnte nicht sein, hier stand kein Baum, der so hoch war. Das war blanke Einbildung meinerseits, eine Fatamorgana der Hoffnungslosigkeit.

Seit mehr als 25 Jahren hatte ich mich mit dem Buddhistischen Weltbild beschäftigt. Mit den Auswirkungen unserer Gedanken auf unser Leben. Was verursachte unser Gedankengut im Hier und Jetzt. Gab es Vergangenheit, gab es Zukunft, war überhaupt irgendetwas lenkbar das uns in unseren Leben begegnete? Oder waren wir allen Situationen einfach nur ausgeliefert.

Die Situation, in der wir uns jetzt befanden, war eine des Ausgeliefertseins. Halbkreisförmig drohte die Wasserwand in jedem Moment einzubrechen. Das Ende

eines Urlaubes bei dem wir die wesentlichen Dinge im Leben wie Nähe und Füreinander Dasein, Liebe und Geborgenheit erneut für uns entdeckt hatten. In den Nachrichten würde man nur erschreckende Bilder sehen und die Fernsehzuschauer würden schon am Abend wieder ihrem gewohnten Tagesablauf nachgehen.

Malina bat mich: "Mama lass uns auf den Buddha-Baum gehen, vielleicht stimmt es was der alte Mann gesagt hat, vielleicht stimmt es, dass unsere Gedanken unsere Welt erschaffen, vielleicht ist das eine Rettung. Wir denken das dieser Baum uns hilft."
Ich wusste, es handelte sich nur noch um Sekunden, bis wir vom Wasser umspült diese Welt verlassen würden. Was hatte ich zu verlieren, jahrelang hatte ich für diesen Moment geübt, Meditationspraktiken gemacht, Retreats besucht. Ich hatte das Geld für meinen Hausbau und mein Auto in die Entwicklung der Freiheit des Geistes gesteckt und gehofft, diese Investition würde sich eines Tages auszahlen. Also setzte ich meine Fuß auf das Moos des Baumes und rutschte ab. Das Moos rutschte herunter an den Stellen, an denen es mein Schuh berührt hatte. Wütend schrie ich, dass ich wusste das das nicht funktionieren konnte. Meine Tochter brüllte mich an: „Mama, es kann auch nicht funktionieren, du musst daran glauben, dass hast du doch immer getan, also glaube nun daran. „

Und ich glaubte und ging erneut einen Schritt in den Baum. Von einer Sekunde zur anderen brach der ganze Baum zusammen, die Wellenwände verschwanden und ich stand mit meinem Kind vor einem der kleinen Schmuckgeschäfte. Mit glücklichen Augen hatte sie sich eine Silberkette mit einer Mondperle ausgesucht und lächelte mich an. Ja, ich würde ihr diese Kette schenken. Zur Erinnerung, dass es wichtig ist, zu lernen unseren Geist zu zähmen. Das Liebe und Nähe die schönsten Dinge in diesem Leben sind, die wir manchmal allzu leicht für angeblich wichtigeres opfern.

Das Leben, einatmen und ausatmen. Nehmen und geben. Halten und loslassen. Ich schlug die Augen auf und stellte fest, dass es Sonntagmorgen war. Ich lag in meinem Bett im Jahr 2022, inmitten einer tobenden Corona-Pandemie. Ich hatte schlicht und ergreifend geträumt.

Ich hatte einen Traum im Traum erlebt und gelernt. Wir werden auch diese Pandemie überwinden. Wir sind eine Menschheitsfamilie, wir sollten einander helfen und einander achten und lieben. Manchmal können wir das Böse von außen nicht verhindern, jedoch kann unser Verhalten im Hier und Jetzt die Situation ändern und zum Besseren kehren.

Liebe Leser, haben Sie eine friedvolle Lebenszeit, ich wünsche Ihnen von Herzen, dass sie ihre Fähigkeit beibehalten, auf ihr Herz und ihr Gefühl zu hören. Lassen sie ihr Sein und Bewusstsein nicht von Angst und Verzweiflung leiten. Atmen Sie ein und atmen Sie aus.

Bleiben Sie frei.

Pupa – der Perlmutter

Das Leben der bunten Fische im Meer ist schön. Alle Fische
spielen miteinander. Nur der Perlmutter ist immer allein. Alle
denken er ist hässlich. Erst die Freundschaft bringt seine innere
und äußere Schönheit zutage.

Ein Lese- und Malbuch für kleinere Leute und größere Kinder.

ISBN 3-8311-1545-1
EUR 6,54

Sternenblumen

Wisst Ihr, wie die Blumen und die bunten Farben auf die Erde kommen? Warum sie uns glücklich machen und uns lachen lassen? Der kleine Spitzbub Joshua, der mit seinen Eltern in einer Höhle inmitten eines großen Waldes lebt, kann euch viel darüber erzählen. Von seiner Heimat, irgendwo auf unserer Erde, wo es nur grün und braun gab, und oft sehr langweilig war. Bis eines Tages die Elfe Soraja zu Joshua kam. Und ihn zum Planeten Jarum flog, wo der Zauberer Zebano schon wartete, um ihm ein fantastisches Geschenk zu machen. Ein Lese- und Malbuch für kleinere und größere Kinder.

ISBN 3-8311-3828-0
EUR 7,80

Asmara auf dem Planet Makanamu

Willst du wissen wie Musik reicht und wie Farben schmecken? Und warum die Liebe das Wichtigste in unserem Leben ist? Dann komm doch einfach mit. Asmara, der kleine, kecke und lebenslustige Schmetterling verzaubert dich mit einer liebevollen und fantastischen Geschichte. Er lebt auf einer Insel mit einer kleinen Stadt. Als die Betonwüsten und Blechlawinen drohen, seine Insel zu zerstören, beschließt er ein großes Abenteuer zu wagen. Und fliegt zum Planeten Makanamu. Auf Makanamu ist alles anders und dort erhält Asmara von Toromo ein wundervolles Geschenk für alle Menschen und Kinder dieser Erde.

Das Buch erklärt, wie Zeit funktioniert, und dass Freundschaft und Liebe das eigene Leben glücklich, farbenfroh und geborgen machen.

ISBN 3-8334-0405-1
EUR 8,50

Zauber im Müllsee

Endlich Sommerferien!
Wie jedes Jahr verbrachte Sophie auch diesmal gemeinsam mit ihren Eltern den Urlaub an einem riesig großen See.
Doch die große Urlaubsfreude wird schnell getrübt, nachdem Sophie feststellen muss, dass in diesem See große Müllberge lagern und dass fast alles Leben darin erloschen ist.
Da kommt „Rommo" aus dem Zauberland in der Seentiefe zur Hilfe und zeigt ihr eine Welt, in der leuchtende Farben glitzern und prächtige Lebewesen die Schönheit der Natur genießen. Sophie ist von diesem Erlebnis so beeindruckt, dass ihr Leben nach dem Urlaub ein anderes ist, als vor dem Urlaub.
„Zauber im Müllsee!" zeigt Kindern auf spielerische Weise, wie wichtig ein verantwortungsvoller Umgang mit unserer Welt ist.

ISBN 978-3-7322-4777-6
4,80 EUR

„Das Zwergenvolk von Lalé – und die Geschichte der Brezel!"

Das Zwergenvolk von Lalé isst mit Vorliebe selbst gebackene Fladenbrote. Warum es jetzt einmal im Jahr ein prunkvolles Fest des gemeinsamen Teilens, mit Kerzen und Lichtern und vielen leckeren Brezeln feiert, erfährst du in diesem Märchen.

Und wie der Oberzwerg Huback mithilfe der Waldelfe SaSa den bösen Hungergeist und Gnom Horo besiegt, ihn vertreibt und damit seinem Zwergenvolk ein sehr wertvolles Geschenk macht:

Die Erkenntnis, dass Teilen etwas sehr Wichtiges ist und Zufriedenheit und Glück bringt.
Für kleine Menschen ab 3 Jahren.

ISBN 978-3-7357-1878-5
6,50 EUR

Annette Wibowo

Nelly, die Regenbogen-Libelle aus dem Lichtland

Oder:
Eine etwas andere Geschichte über das Sterben!

Nelly, die Regenbogenlibelle aus dem Lichtland: Oder: Eine etwas andere Geschichte über das Sterben!

„Nelly, die Regenbogen-Libelle aus dem Lichtland!" ist ein Märchen über das „Loslassen im Sterben".

Geburt und Tod gehören zu unserem Dasein. Dennoch sind wir im Angesicht des Sterbens oft hilflos und von Schmerz und Leid bestimmt. Es tut so weh, einen geliebten Menschen loszulassen. Und vielleicht ist es nicht unbedingt der Schmerz des Loslassens der uns so traurig macht, sondern vor allem das nicht wissen, wohin der geliebte Mensch gehen wird.

Wo geht seine Seele hin? Wird es ihm gut gehen, wird sein Leiden beendet sein? Fragen über Fragen, die Schmerz und Angst hervorbringen. Das Märchen „Nelly - die Regenbogen-Libelle aus dem Lichtland versucht uns bei dem Prozess der Auflösung und des Loslassens zu unterstützen.

Insbesondere wenn wir Kinder loslassen müssen, wird unser Schmerz unfassbar. Nelly die Regenbogen-Libelle zeigt uns, dass wir alle den gleichen Ursprung haben und alle zu dieser Quelle der bedingungslosen Liebe zurückkehren, wenn unsere Zeit gekommen ist.

Ein Märchen, das ermutigen will, das Sterben anzunehmen und das Leben zu leben. Ein Buch über die Liebe, die allen Lebewesen innewohnt und das Loslassen in Liebe.

ISBN-10: 373924514X
ISBN-13: 978_3739245140

5,50 EUR

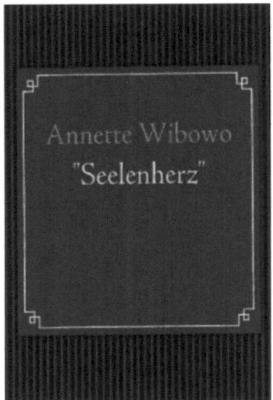

Seelenherz !

Die Kinderbuchautorin Annette Wibowo hat bereits in der Anthologie „Lust auf Gefühl" erste Gedichte veröffentlicht, die durch Lesungen viel Beachtung fanden.

In diesem Lyrikband skizziert Sie den Menschen als Seelenherz in seiner ganzen Bandbreite.

Die Gedichte und Kurzgeschichten nehmen den Leser gefangen, konfrontieren mit der eigenen Herzseele, verschonen nicht mit Wahrheiten und lassen dennoch Raum zum Träumen und Hoffen.
Wer sich in die Tiefen von „Seelenherz" fallen lässt, findet einen Juwelen, der das eigene Leben belebt und glücklich machen kann.

Stimmungen und Emotionen führen zum Inneren des Denkens und lassen Raum für die persönliche Begegnung mit dem eigenen Kern. Freiheit und Entwicklung sind möglich, durch dieses Buch, das mit moderner Lyrik begeistert.

ISBN 9-783839-145630 ; 6,25 EUR